La nuit blanche
de Benjamin

D'après un épisode de la série télévisée *Benjamin* produite par Nelvana Limited, Neurones France s.a.r.l. et Neurones Luxembourg S.A.
Basé sur les livres *Benjamin* de Paulette Bourgeois et Brenda Clark.

Texte de Sharon Jennings.
Illustrations de Sean Jeffrey, Shelley Southern et Jelena Sisic.
Texte francais de Christiane Duchesne.
Basé sur l'épisode télévisé *Franklin Stays Up*, écrit par Brian Lasenby.

Titre original : Franklin Stays Up
ISBN 0-439-97568-9

Édition publiée par Les éditions Scholastic, 175 Hillmount Road, Markham (Ontario) L6C 1Z7, avec la permission de Kids Can Press Ltd.

5 4 3 2 1   Imprimé à Hong-Kong, Chine   03 04 05 06

La nuit blanche de Benjamin

Les éditions Scholastic

Benjamin sait nouer ses lacets.

Benjamin sait compter par deux.

Benjamin peut rester debout

jusqu'à neuf heures.

Mais, un soir, il décide de se coucher

plus tard.

— Je ne suis pas fatigué, dit Benjamin

à sa maman.

— Tu peux te coucher un peu plus tard,

lui dit-elle.

— Je veux me coucher beaucoup plus

tard, dit Benjamin. Je veux rester debout

toute la nuit.

– Et que feras-tu pendant toute la nuit?

demande sa maman.

– Je vais jouer à toutes sortes de choses.

Mais, à dix heures, Benjamin dort déjà.

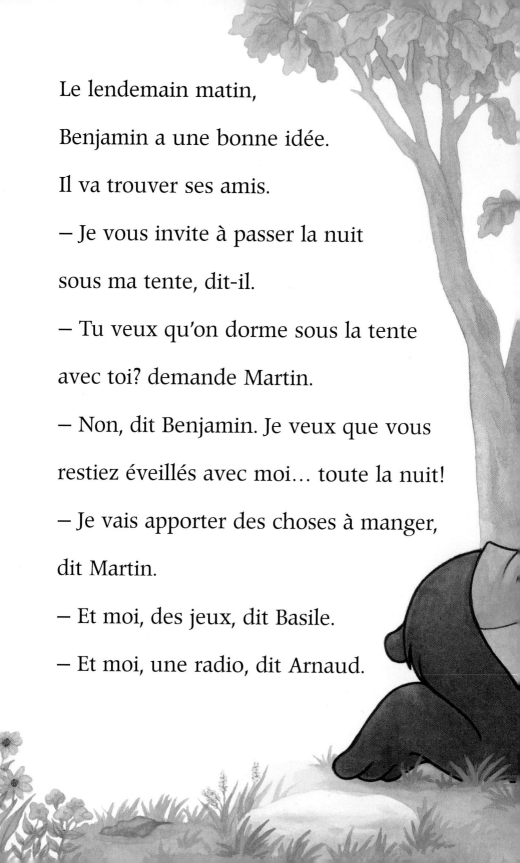

Le lendemain matin,

Benjamin a une bonne idée.

Il va trouver ses amis.

— Je vous invite à passer la nuit

sous ma tente, dit-il.

— Tu veux qu'on dorme sous la tente

avec toi? demande Martin.

— Non, dit Benjamin. Je veux que vous

restiez éveillés avec moi… toute la nuit!

— Je vais apporter des choses à manger,

dit Martin.

— Et moi, des jeux, dit Basile.

— Et moi, une radio, dit Arnaud.

– Super! dit Benjamin.

On va s'amuser toute la nuit.

Après le souper, tout le monde arrive

chez Benjamin.

Benjamin monte la tente.

Martin apporte les provisions.

Basile apporte les jeux.

Arnaud allume la radio.

— On a tout ce qu'il faut pour rester

éveillés toute la nuit, dit Benjamin.

À neuf heures, les parents de Benjamin
viennent leur souhaiter bonne nuit.

— Mais on ne se couche pas, dit
Benjamin.

— Nous, oui, dit sa maman. Nous devons
nous lever tôt pour vous préparer
des crêpes.

— Youpi! s'écrient Benjamin et ses amis.

— Amusez-vous bien, dit le papa
de Benjamin.

— Qu'est-ce qu'on fait? demande Arnaud.

— On mange, dit Martin.

— Allons jouer un peu avant de manger,

dit Benjamin.

Ils s'amusent à courir dans le jardin.

— Je suis fatigué, dit Martin.

— Non, non, non! dit Benjamin. Tu ne peux pas être fatigué. Tu dois rester éveillé toute la nuit.

— D'accord, dit Martin. Mangeons le maïs soufflé.

À dix heures, il ne reste plus de maïs soufflé.

— Et si on jouait aux échecs? demande Basile.

Ils commencent à jouer, mais Basile se met

bientôt à bâiller.

— Dépêche-toi de jouer! dit Basile

à Arnaud. Je tombe de sommeil.

— Non, non, non, dit Benjamin. Tu ne

peux pas t'endormir. Tu dois rester

éveillé toute la nuit.

— D'accord, dit Basile. Mangeons

les biscuits.

À minuit, il ne reste plus un seul biscuit.

– Et si on se racontait des histoires de fantômes? demande Arnaud.

Chacun raconte une histoire terrifiante.

— J'ai peur, dit Arnaud. Je veux rentrer

chez moi.

— Non, non, non, dit Benjamin. Tu ne

peux pas rentrer chez toi. Tu dois rester

éveillé toute la nuit.

— D'accord, dit Arnaud. Est-ce qu'il reste

quelque chose à manger?

Mais il ne reste plus rien.

— Allons chercher des choses dans la maison, dit Benjamin.

Ils entrent sur la pointe des pieds.

— Regardez! dit Basile. Tout est prêt pour les crêpes.

— J'ai hâte, dit Martin.

— Seulement quelques heures encore, dit Benjamin. Il est déjà une heure du matin.

Dans l'armoire, Benjamin trouve du pain et de la confiture.

Ils sortent sans bruit et vont se faire des sandwiches sous la tente.

— J'ai de la confiture partout sur moi, dit Arnaud.

— Moi aussi, dit Martin.

— J'ai une idée, dit Benjamin. Suivez-moi…

Benjamin nettoie ses amis avec le tuyau d'arrosage. Ils sont tout mouillés.

— J'ai f...f...froid, dit Arnaud.

Il se couche dans son sac de couchage.

— M...m...moi aussi, dit Martin.

Il se couche dans son sac de couchage.

Arnaud bâille et s'endort.

Martin bâille et s'endort.

– Oh, non! dit Benjamin. Ils devaient

rester éveillés!

Benjamin et Basile sortent compter

les étoiles.

— Une, deux, trois, dit Basile en bâillant.

— Quatre, cinq, six, dit Benjamin.

— C'est comme si on comptait des

moutons, dit Basile en bâillant encore.

— Sept, huit, neuf, dit Benjamin.

Basile bâille, bâille et bâille encore.

Et il s'endort.

— Oh, non! dit Benjamin.

Benjamin jette un coup d'œil à son réveil.

Il est trois heures du matin.

Benjamin bâille à son tour.

– Non, non, non, dit-il.

Je ne peux pas m'endormir.

Je dois rester éveillé toute la nuit.

 Il court dans

le jardin.

Il sautille sur place.

Il allume la radio.

Il se tient les yeux

grands ouverts.

Juste au moment où il

sent qu'il ne tiendra pas

une minute de plus,

il aperçoit le soleil.

– Hourra! s'écrie Benjamin. J'ai réussi

à rester éveillé toute la nuit.

Et il s'endort.

À neuf heures du matin, la maman

de Benjamin sort dans le jardin.

— Debout! crie-t-elle. Venez déjeuner!

Arnaud s'éveille.

Martin s'éveille.

Basile s'éveille.

Mais Benjamin ne s'éveille pas.

— Benjamin! Benjamin! Benjamin! crient

Arnaud, Basile et Martin. Les crêpes

sont prêtes.

Benjamin bâille et se retourne.

— Je ne veux pas de crêpes, marmonne-t-il.

Je veux dormir toute la journée.